AF610499

Il Triste Pastore

Capitolo 1.

Buio

Fuori dalla valle dei giardini, dove una pellicola di neve appena caduta giaceva liscia come piume sul petto di una colomba, le antiche pozze di salomone guardavano nel cielo notturno con occhi scuri e tranquilli, spalancati e passivi, riflettenti le stelle frizzanti e la piccola luna rotonda. Le sorgenti piene, straripanti sul fianco della collina, si scioglievano nel campo bianco in canali tortuosi; e lungo il loro percorso l'erba era verde anche in pieno inverno.

Ma il triste pastore camminava molto al di sopra della valle amica, in una regione dove creste di roccia grigia solcavano e sfregiavano la parte posteriore della terra, come ferite di lotte e battaglie semi dimenticate molto tempo fa. La solitudine era minacciosa e inquietante; l'aria acuta che scrutava il vagabondo non aveva pietà; e la miriade di sguardi della notte erano curiosamente freddi.

Il suo gregge gli corre dietro. Le pecore, abbattute dalle intemperie e abbattute, seguivano il sentiero con la testa bassa annuendo da una parte all'altra, come se avessero viaggiato lontano e trovato un piccolo pascolo. Le capre nere dalle orecchie cadenti balzavano sugli scogli, irrequiete e fameliche, abbattendo i teneri rami e le foglie delle querce nane e degli ulivi selvatici. Si impennarono contro i tronchi contorti e strisciarono e si arrampicarono tra i rami. Era come una compagnia di amici grigi abbattuti e un branco di allegri diavoletti neri che seguivano da lontano il triste pastore.

Camminava guardando per terra, prestando loro poca attenzione. Di tanto in tanto, quando il suono dei piedi che picchiettavano e del respiro ansimante e il fruscio e lo squarcio tra i boschi cadevano troppo indietro, tirava fuori la sua pipa da pastore e suonava una nota di musica, stridula e lamentosa, tremante e lamentosa per tutta la notte vuota . Aspettò che le truppe grigie e nere si agitassero, balzassero e trotterellassero vicino a lui. Poi lasciò cadere di nuovo il tubo e si avviò, guardando a terra.

Il vento agitato e tremante che raspava la sommità della collina, svolazzava gli stracci del suo lungo manto di azzurro tiriano , lacerato dalle spine e macchiato dal viaggio. La ricca tunica di seta a strisce sotto di essa era consumata e la cintura intorno ai suoi lombi aveva perso tutti i suoi ornamenti d'argento e gioielli. I suoi capelli arricciati pendevano spettinati sotto un turbante di lino fine, in cui i fili dorati erano sfilacciati e macchiati; e le sue scarpe di morbida pelle erano rotte dalla strada. Sulle sue dita marroni i punti degli anelli scomparsi erano ancora segnati dalla pelle bianca. Non portava il lungo bastone né il pesante bastone tempestato di chiodi del pastore, ma un sottile bastone di cedro scolpito martoriato e graffiato dall'uso duro, e il manico, che doveva essere stato un tempo di metallo prezioso, mancava.

Era una figura strana per quel luogo solitario e quell'umile occupazione - un ramo di una bellezza sbiadita da un giardino reale sbattuto da venti violenti nel deserto - una nave da diporto alla deriva, sballottata e rotta, su mari agitati.

Ma sembrava essere andato oltre le cure. Il suo giovane viso era logoro e logoro come i suoi indumenti. Lo splendore della luce lunare che inondava il mondo selvaggio significava poco per lui quanto la durezza del sentiero accidentato che seguiva. Avvolse il suo mantello lacero più stretto intorno a sé e avanzò a grandi passi, guardando a terra.

Mentre il sentiero scendeva dalla sommità del crinale verso la valle dei mulini e passava tra enormi massi frantumati, tre uomini balzarono verso di lui dall'ombra. Sollevò il suo bastone, ma lo lasciò cadere di nuovo, e uno strano fantasma di un sorriso gli contorse il viso mentre lo afferrarono e lo gettarono a terra.

"siete dei mendicanti rudi", ha detto. "dì quello che vuoi, sei il benvenuto."

"i tuoi soldi, cane da cortigiano", mormorarono ferocemente; " dacci il tuo collare d'oro, cane di erode, presto, o muori!"

"più veloce è, meglio è," rispose, chiudendo gli occhi.

Lo sconcertato gregge di pecore e capre, riunito in un silenzioso anello, rimase a guardare mentre i ladri armeggiavano sul loro padrone

"questo è un cane randagio", disse uno, "ha perso il collare, non c'è nemmeno il prezzo di un sorso di vino su di lui. Lo uccidiamo e lo lasciamo per gli avvoltoi?" "che cosa hanno fatto gli avvoltoi per noi", ha detto un altro, "affinché noi li nutriamo? Prendiamo il suo mantello e scacciamo il suo gregge, e lasciamo che muoia a suo tempo".

Con un calcio e una maledizione lo lasciarono. Aprì gli occhi e rimase immobile per un momento, con il suo sorriso contorto, guardando le stelle.

"strisciate come lumache", ha detto. " ho pensato che avessi segnato il mio tempo stasera. Ma nemmeno che viene dato a me per niente. Io devo pagare per tutti, a quanto pare."

Lontano, disperdendosi e allontanandosi lentamente, udì il fruscio e il belato del suo gregge spaventato mentre i ladri, correndo e gridando, cercavano di trascinarli sulle colline. Poi si alzò e prese la pipa del pastore, un pezzo di canna senza valore, dal petto della sua tunica. Soffiò di nuovo quell'aria lamentosa e penetrante, risuonandola oltre le creste e le boscaglie lontane. Sembrava non avere né inizio né fine; una melodia malinconica e supplichevole che cercava per sempre qualcosa di perduto.

Mentre giocava, le pecore e le capre, scivolando via dai loro carcerieri per vie tortuose, nascondendosi dietro i cespugli di alloro, seguendo i burroni scuri, saltando giù per le rupi rotte, gli tornarono intorno, una dopo l'altra; e mentre venivano, interrompeva il suo suonare, di tanto in tanto, per chiamarli per nome. Quando furono quasi tutti riuniti, discese rapidamente verso la valle inferiore, ed essi lo seguirono ansimando. All'ultima curva del sentiero sul ripido pendio, un ritardatario lo inseguì lungo il dirupo. Alzò lo sguardo e la vide profilarsi contro il cielo. Poi lo vide saltare, scivolare e cadere oltre il sentiero in una profonda fenditura.

"sciocco", ha detto, "la fortuna è gentile con te! Ti sei sfuggito dalla grande trappola della vita. Che cosa? Piangi per un aiuto? Siete ancora nella trappola? Allora io devo andare giù a voi, sciocco , per i sono uno sciocco troppo. Ma perché io devo farlo, io non più so quanto tu sai."

Si calò rapidamente e pericolosamente nella fessura e trovò la creatura con la gamba rotta e sanguinante. Non era una pecora ma una capra giovane. Non aveva un mantello per avvolgerlo, ma si tolse il turbante, lo srotolò e lo legò intorno all'animale tremante. Poi risalì sul sentiero e avanzò a grandi passi alla testa del suo gregge, portando il ragazzino nero tra le braccia.

C'erano case nella valle dei mulini; e in alcune di esse brillavano delle luci; e il ronzio delle macine, dove le donne ancora macinavano, usciva nella notte come il mormorio di api sonnolente. Quando le donne udirono il picchiettio e il belato del gregge, si chiesero chi passasse così tardi. Una di loro, in una casa dove non c'era mulino ma molte luci, si avvicinò alla porta e guardò fuori ridendo, con il viso e il seno scoperti.

Ma il triste pastore non rimase. La sua lunga ombra e la confusa massa di ombre minori dietro di lui scivolavano nella bianca luce lunare, oltre le strisce gialle di lampada che brillavano dalle porte. Sembrava come se fosse destinato ad andare da qualche parte e non avrebbe ritardato.

Eppure, con tutta la sua fretta di andarsene, era chiaro che pensava poco a dove stava andando. Poiché quando giunse ai piedi della valle, dove i sentieri si dividevano, si fermò in mezzo a loro con lo sguardo assente, senza il desiderio di girarlo da una parte o dall'altra. L'imperativo della scelta lo fermò come una barriera. L'equilibrio della sua mente rimase sospeso anche perché entrambe le bilance erano vuote. Poteva agire, poteva andare, perché la sua forza era intatta; ma non poteva scegliere, perché la sua volontà era spezzata dentro di lui.

Il sentiero a sinistra saliva verso la cittadina di betlemme , con tetti rannicchiati e muri in sagoma lungo la collina a doppia cresta. Era buio e minaccioso come una fortezza chiusa. Il triste pastore lo guardò con occhi indifferenti; non c'era niente che lo attirasse. Il sentiero a destra serpeggiava attraverso valli cosparse di roccia verso il mar morto. Ma levandosi da quella landa desolata, a un paio di miglia di distanza, il nastro bianco e liscio di una strada per i carri giaceva sul fianco di una montagna a forma di cono e si avvolgeva ad anelli verso la sua vetta. Lì il grande cono era tagliato ad angolo retto, e la sommità livellata era sormontata da un palazzo di marmo, con torri rotonde agli angoli e fari fiammeggianti lungo le pareti; e il bagliore di un immenso fuoco, nascosto nel cortile centrale, dipingeva una falsa alba nel cielo orientale. Lungo i pendii puliti delle montagne, su terrazze e portici ciechi, le luci lampeggiavano dai padiglioni minori e dalle case di piacere.

Era il frutteto segreto di erode e dei suoi amici, il loro luogo di incontro con gli spiriti dell'allegria e della follia. La chiamavano la montagna del piccolo paradiso. C'erano ricchi giardini; e l'acqua fresca delle pozze di salomone si riversava nelle fontane; e gli alberi della conoscenza del bene e del male fruttavano rosso sangue e bianco avorio sopra di loro; e forme lisce, curve, luccicanti, sussurrando sommessamente di piacere, giacevano tra i fiori e scivolavano dietro gli alberi. Tutto questo ora era nascosto nell'oscurità. Solo la strana mole della montagna, un'acuta piramide nera cinta e coronata di fuoco, si profilava nella notte: una montagna una volta vista per non essere mai dimenticata.

Il triste pastore lo ricordava bene. Lo guardava con gli occhi di un bambino che è stato all'inferno. Lo bruciava da lontano. Non voltandosi né a destra né a sinistra, camminava senza sentiero direttamente sulla pianura di betlemme , ancora imbiancata nelle cavità e sul lato riparato delle sue collinette arrotondate dal velo di neve.

Ha affrontato un mondo ampio e vuoto. A ovest, nella dormiente betlemme , a est nell'erodio ardente , la vita dell'uomo era infinitamente lontana da lui. Persino le stelle sembravano ritirarsi contro il blu-nero del cielo. Diminuirono e si ritirarono fino a diventare come fori di spillo nella volta sopra di lui. La luna al centro del cielo si rimpicciolì in un pezzetto di argento brunito, duro e scintillante, incommensurabilmente remoto. Le creste frastagliate e inospitali di tekoa giacevano distese in un sonno mortale lungo l'orizzonte, e tra di esse intravide il lago sommerso della morte, che brillava oscuramente nel suo profondo letto. Non c'era movimento, nessun suono, nella pianura dove camminava, tranne i piedi morbidi e imbottiti del suo gregge muto e ossequioso.

Sentì un isolamento senza fine colpirgli il cuore, contro il quale teneva il corpo inerte del ragazzo ferito, chiedendosi nel frattempo, con un mezzo disprezzo per la propria follia, perché si fosse preso tanta pena per salvare un minuscolo frammento di inutile tessuto che si chiama vita.

Anche quando un uomo non sa o non si preoccupa di dove sta andando, se avanza ci arriverà. In un'ora o più di cammino per la pianura il triste pastore arrivò a un ovile di pietre grigie con accanto una torre rozza. L'ovile era pieno di pecore e ai piedi della torre ardeva un fuocherello di spine attorno al quale stavano accovacciati quattro pastori, avvolti nei loro spessi mantelli di lana .

Quando lo sconosciuto si avvicinò , guardarono in alto, e uno di loro si alzò rapidamente in piedi, afferrando la sua mazza annodata. Ma quando videro il gregge che seguiva il triste pastore, si fissarono l'un l'altro e dissero: "è uno di noi, un guardiano di pecore. Ma come mai è qui con queste vesti? È quello che indossano gli uomini nelle case dei re . "

"no," disse quello che era in piedi, "è quello che indossano quando sono stati gettati fuori da loro. Guarda gli stracci. Può essere un ladro e un rapinatore con il suo gregge rubato."

"salutatelo quando si avvicina", disse il pastore più anziano. "non siamo quattro contro uno? Non abbiamo nulla da temere da un viaggiatore cencioso . Parlagli onestamente. È la volontà di dio e non costa nulla."

"la pace sia con te, fratello", gridò il pastore più giovane; "che tua madre e tuo padre siano benedetti."

"che il tuo cuore si allarghi", rispose lo straniero, "e che tutte le tue famiglie siano più benedette della mia, perché io non ne ho."

"un senzatetto", disse il vecchio pastore, "è stato derubato dai suoi simili o punito da dio".

" io non so quale fosse," rispose lo straniero; "la fine è la stessa, come vedi."

"dal tuo discorso vieni dalla galilea. Dove vai? Cosa cerchi qui?"

" mi stavo andando da nessuna parte, i miei padroni, ma era freddo sulla strada lì, ei miei piedi voltai verso il fuoco."

"allora vieni, se sei un uomo pacifico, e scaldati i piedi con noi. Il calore è un buon regalo; dividilo e non è da meno. Ma avrai anche pane e sale, se vuoi."

"può la vostra ospitalità arricchirvi. Io sono tuo ospite indegno. Ma il mio gregge?"

"lascia che il tuo gregge si ripari presso la parete sud dell'ovile: là c'è un buon raccolto e non c'è vento. Vieni e siediti con noi."

Così si sedettero tutti accanto al fuoco; e il triste pastore mangiò del loro pane, ma con parsimonia, come un uomo a cui la fame porta un bisogno ma nessuna gioia nel soddisfarlo; e gli altri tacquero per un momento opportuno, per cortesia. Poi parlò il pastore più anziano:

"il mio nome è zadok figlio di eliezer , di betlemme . Io . Sono il pastore supremo delle greggi del tempio, che sono prima di nella piega questi sono i figli di mia sorella, iotam , e shama , e nathan : il loro padre elkana è morto e, ma per questi io sono un uomo senza figli ".

"il mio nome", rispose lo straniero, "è ammiel, figlio di jochanan , della città di bethsaida , presso il mare di galilea, e io sono un orfano di padre".

"è meglio essere senza figli che senza padre", disse zadok , "eppure è volontà di dio che i bambini seppelliscano i loro padri. Quando è morto il benedetto jochanan ?"

" io non so se egli sia vivo o morto. È di tre anni da quando ho guardato il suo volto o ha avuto parola di lui."

"allora sei un esule? Ti ha rigettato?"

"era il contrario", ha detto am- miel , guardando a terra.

A questo il pastore shama , che aveva ascoltato con dubbio in faccia, si arrabbiò. "maiale di un galileo ," gridò, "disprezzo dei genitori! Trasgressore della legge! Quando ti ho visto arrivare ti ho conosciuto per qualcosa di vile.

Perché ci oscuri la notte con la tua presenza? Hai insultato colui che ha generato via, o ti lapidiamo! "

Ammiel non rispose né si mosse.

Il sorriso contorto passò di nuovo sul suo viso curvo mentre aspettava di conoscere la volontà dei pastori con lui, proprio come aveva aspettato i ladri. Ma zadok alzò la mano.

"non così frettoloso, shama -ben- elkanah . Infrangi anche la legge giudicando un uomo inascoltato. I rabbini ci hanno detto che esiste una tradizione degli anziani, una regola santa come la legge stessa, che un uomo può negare suo padre in un certo modo senza peccato. È una regola strana, e deve essere molto santa o non sarebbe così strano. Ma questo è l'insegnamento degli anziani: un figlio può dire qualsiasi cosa per cui suo padre gli chiede -una pecora, o una misura di grano, o un campo, o una borsa d'argento - "è corban, un dono che ho promesso al signore"; e così suo padre non avrà più diritto su di lui. Averti detto 'corban' a tuo padre, ammiel -ben- jochanan ? Hai fatto un voto al signore?"

" ho detto 'corban'", rispose ammiel , alzando il viso, ancora ombreggiato da quello strano sorriso, "ma non è stato il signore che ha ascoltato il mio voto."

"raccontaci quello che hai fatto", disse severamente il vecchio, "perché non ti giudicheremo, né ti daremo rifugio, a meno che non sentiamo la tua storia".

"non c'è niente in esso," rispose ammiel
con indifferenza. "è una vecchia storia. Ma se sei curioso, la sentirai. Dopo tratterai con me come preferisci."

Così i pastori, avvolti nei loro caldi mantelli, sedevano ad ascoltare con volti gravi e occhi attenti e inesplorabili, mentre ammiel nella sua seta lacera sedeva accanto al fuoco di spine che affondava e raccontava la sua storia con una voce che non aveva spazio per la speranza o la paura- una voce fredda e morta che parlava solo di cose finite.

Ii.

Fuoco notturno

"nella casa di mio padre, io ero il secondo figlio. Mio fratello è stato onorato e di fiducia in tutte le cose. Era un uomo prudente e redditizio per il nucleo familiare. Tutto quello che ha consigliato è stato fatto, tutto ciò che avrebbe voluto avere. Il mio posto è stato un ristretto. Non c'era né onore né gioia in esso, perché era pieno di compiti quotidiani e rimproveri. Nessuno si curava di me. Mia madre a volte piangeva quando venivo rimproverata. Forse era delusa da me. Ma non aveva il potere di migliorare le cose. Ho sentito che io ero una bestia da soma, alimentato solo in modo che io potrei essere utile, e la vita noiosa mi irritava come un fascio di malato-montaggio non c'era nulla in essa..

" sono andato da mio padre e sostenuto la mia parte di eredità. Era ricco. Lui ha dato a me. La cosa non lo impoverisce e mi ha fatto libero. Ho detto a lui 'corban,' e scossi la polvere di betsaida da i miei piedi.

" sono andato a cercare l'allegria e l'amore e la gioia e tutto ciò che è piacevole per gli occhi e dolce al gusto. Se un dio mi ha fatto, pensò che , ha fatto che io viva, e la superbia della vita ero forte nella mia cuore e nella mia carne.il mio voto è stato offerto a quel ben noto dio. L' ho servito a gerusalemme , ad alessandria , a roma , perché i suoi altari sono ovunque e gli uomini lo adorano apertamente o in segreto.

"i miei soldi e giovinezza mi ha fatto il benvenuto ai suoi seguaci, e ho trascorso entrambi liberamente come se potessero mai finire. Io mi rivestirmi della porpora e di bisso e banchettava lautamente ogni giorno. Il vino di cipro ei piatti di egitto e la siria erano sul mio tavolo la mia dimora era affollato di ospiti allegri sono venuti per quello.. Ho dato loro le loro facce erano affamati e il loro tocco morbido era come l'attaccamento di sanguisughe per loro.. Io non era altro che il denaro e la gioventù; nessun più una bestia da soma, una bestia di piacere, non c'era niente in essa.

"dal pasto più ricco il mio cuore si svuotò, e dopo il banchetto più sfrenato la mia anima cadde ubriaca e solitaria nel sonno.

"allora ho pensato, il potere è meglio del piacere. Se un uomo banchetterà e si divertirà, lascia che lo faccia con i grandi. Lo favoriranno e lo solleveranno per il servizio che rende loro. Otterrà posto e autorità in il mondo e guadagnare molti amici. Così mi sono unito a erode ".

Quando il triste pastore pronunciò questo nome, i suoi ascoltatori si ritrassero davanti a lui come se sentirlo fosse una contaminazione. Sputarono per terra e maledissero l' idumeo che si faceva chiamare loro re.

"uno schiavo!" jotham gridò: "un tiranno sanguinario e uno schiavo di edom ! Una volpe, una bestia vile che divora i suoi stessi figli! Dio lo brucia nella geenna ".

Il vecchio zadok raccolse una pietra e la gettò nell'oscurità, dicendo lentamente: " ho lanciato questa pietra sulla tomba dell'idumeo , il bestemmiatore, il profanatore del tempio! Dio ci mandi presto il liberatore, il promesso, il vero re d' israele ! " ammiel non fece segno, ma continuò con la sua storia.

" erode mi ha usato bene, - per i suoi scopi. Mi ha accolto nel suo palazzo e nella sua tavola, e mi ha dato un posto tra i suoi preferiti. Era così tanto mio amico che ha preso in prestito i miei soldi. C'erano molti dei nobili di gerusalemme con lui, sad- ducei e proseliti da roma e in asia e donne da tutto il mondo. La legge di israele è stata osservata nella corte aperta, quando la gente stava guardando. Ma nelle feste segrete non c'era legge ma la volontà di erode , e molte divinità erano servite, ma nessun dio era adorato. Lì i capitani ei principi di roma si univano di notte con il sommo sacerdote e con i suoi figli; e c'era molto andare e venire per vie nascoste. Prestatore, acquirente o venditore di favori ... Era una casa di diligente follia. Non c'era niente in essa.

"in mezzo a questa vita vorticosa, un grande bisogno d'amore è venuto su di me e ho voluto tenere qualcuno nel mio cuore più intimo.

"in un certo punto della città, a porte chiuse, ho visto una giovane schiava ballare. Aveva circa quindici anni, magra e flessuosa; ballava come una canna al vento; ma i suoi occhi erano stanchi come la morte, e il suo corpo bianco era segnato da lividi. Inciampò e gli uomini risero di lei. Cadde e la sua padrona la picchiò, gridando che avrebbe voluto sbarazzarsi di uno schiavo così pesante. Ho pagato il prezzo e ho preso lei alla mia dimora.

"il suo nome era tamar . Era una figlia del libano . L' ho vestita di seta e lino ricamato. L' ho nutrita con tenera cura in modo che la bellezza venisse su di lei come la fioritura di un mandorlo; era un giardino recintato, che respirava spezie . I suoi occhi erano come colombe dietro il velo, le sue labbra erano un filo di scarlatto, il suo collo era una torre d'avorio, e i suoi seni erano come due cerbiatti che si nutrono tra i gigli.era più bianca del latte e più rosea del fiore della pesca, e la sua danza era come il volo di un uccello tra i rami. Così ho amata.

"giaceva nel mio petto come una pietra chiara che si è comprata e lucidata e incastonata in oro fino all'estremità di una catena d'oro. Non è mai stata contenta del mio arrivo o dispiaciuta per il mio andare. Non mi ha mai dato nulla tranne quello che ho preso da lei.non c'era niente dentro.

"ora, se erode sapeva del gioiello che io tenevo nel mio dimora io non posso dire. Era sicuro che avesse le sue spie in tutta la città, e si camminava per le strade di notte, in un travestimento. In un determinato giorno mi mandò a chiamare , e mi aveva nella sua stanza segreta, professando grande amore verso di me e più fiducia che in ogni uomo che ha vissuto. Così io devo andare a roma per lui, con una lettera sigillata e un messaggio privato a cesare . Tutti i miei beni sarebbero lasciati al sicuro nelle mani del re, amico mio, che mi avrebbe ricompensato il doppio. C'era un certo posto di alta autorità
a gerusalemme che cesare avrebbe conferito volentieri a un ebreo che gli aveva reso un servizio. Questa missione mi raccomanderebbe a lui. Era una grande occasione, adatta ai miei poteri, così erode mi nutrì di buone promesse,
e io sbrigai la sua commissione, non c'era niente in esso.

"sono stato davanti a cesare e gli ho dato la lettera. Lui l'ha letta e ha riso, dicendo che un principe con una fame incurabile è un servo di valore per un imperatore. Poi mi ha chiesto se non c'era niente inviato con la
lettera. Ho risposto che non c'era regalo, ma un messaggio per il suo orecchio privato. Mi prese da parte e gli dissi che erode supplicava fervidamente che il suo caro

figlio, antipatere , potesse essere rimandato in fretta da roma in palestina , perché il re aveva un grande bisogno di lui.

"a questo caesar rise di nuovo. 'Seppellirlo, i suppongo,' disse, 'con i suoi fratelli, alessandro e aristobulo ! Veramente, è meglio essere di erode suina di suo figlio. Raccontare la vecchia volpe egli può cogliere la propria preda.' con questo si rivolse a me e mi ha ritirato senza ricompensa, per fare il mio ritorno, come meglio ho potuto, con una borsa vuota, per la palestina . Io avevo visto il signore del mondo. Non c'era niente in esso.

"vendendo i miei anelli e braccialetti ho ottenuto il passaggio in una nave mercantile per joppa . Lì ho sentito che il re non era a gerusalemme , nel suo palazzo della città alta, ma era andato con i suoi amici a fare festa per un mese sulla montagna del piccolo paradiso. Su quella collina di fronte a noi, dove stanotte le luci si accendono, nella sala dei banchetti dove sono sparsi divani per cento invitati, ho trovato erode . "

I pastori in ascolto sputarono di nuovo a terra e jotham borbottò: " possano i vermi che divorano la sua carne non muoiono mai!" ma zadok sussurrò: "aspettiamo che la salvezza del signore esca da sion ". E il triste pastore, guardando con occhi fissi la montagna illuminata dal fuoco in lontananza, continuò il suo racconto:

"il re giaceva sul suo divano d'avorio, e il sudore della sua malattia era pesante su di lui, perché era vecchio e la sua carne era corrotta. Ma i suoi capelli e la sua barba erano tinti e profumati e c'era una corona di rose sul suo testa. La sala era piena di nobili e grandi uomini, i figli del sommo sacerdote erano lì, ei servi versavano il loro vino in coppe d'oro. Ci fu un suono di musica sommessa; e tutti gli uomini stavano guardando una ragazza che danzò in mezzo alla sala e gli occhi di erode erano ardenti, come gli occhi di una volpe.

"la ballerina era tamar . Brillava come la neve sul libano , e il suo rossore era più rossastro di un melograno, e la sua danza era come l'avvolgimento di serpenti bianchi. Quando la danza fu finita, i suoi assistenti gettarono un velo di garza su di lei e giaceva tra i suoi cuscini, mezza coperta di fiori, ai piedi del re.

"attraverso il suono di battere le mani e gridando, due schiavi mi hanno portato dietro il divano di erode . Socchiuse gli occhi mentre cadevano su di me. Io gli dissi il messaggio di caesar , rendendola morbida, come se fosse una parola che lui ha sofferto per catturare la sua preda. Si accarezzò dolcemente la barba e il suo sguardo cadde sul tamar . "l' ho preso", mormorò; "per tutti gli dèi, l' ho sempre preso. E il mio caro figlio, antipatro , sta tornando a casa di la sua volontà. L' ho attirato, è mio. "

"poi uno sguardo di follia gli attraversò il viso e balzò in piedi, con le labbra schiumose, e mi colpì. 'Cos'è questo?' gridò, 'una spia, un servo del mio falso figlio, un traditore nella mia sala dei banchetti ! Tu chi sei?' mi inginocchiai davanti a lui, protestando che mi deve sapere, che io ero il suo amico, il suo messaggero, che mi aveva lasciato tutti i miei beni nelle sue mani,. Che la ragazza che aveva ballato per lui era il mio a questo suo volto cambiò di nuovo e cadde sul divano, scosso da una risata orribile. "la tua!" gridò, 'quando è stata lei la tua? Ciò che è tuo? Io ti conosco ora, povero pazzo. Sei ammiel , un pastore pazzo dalla galilea, che ci ha turbato un po' di tempo da allora. Lo porta via, schiavi. Ha venti pecore e venti capre tra i miei greggi ai piedi del monte, badate che li prenda e scacciatelo ".

" ho combattuto contro gli schiavi a mani nude, ma loro mi hanno tenuto. Ho chiamato tamar , implorandola di avere pietà di me, di parlare per me, di venire con me. Ha guardato in alto con gli occhi come colombe dietro il velo , ma in loro non c'era conoscenza di me. Rise pigramente, come se fosse una povera commedia, e mi gettò in faccia un ramo di rosa spezzato. Poi il cordone d'argento si sciolse dentro di me e il mio cuore si spense, e non ho più lottato, non c'era niente dentro.

"in seguito mi sono ritrovato sulla strada con questo gregge. Li ho condotti oltre l' hebron nel paese meridionale, e così per la valle di eshcol , e su molte colline oltre le piscine di salomone , finché i miei piedi mi hanno portato al tuo fuoco. Io resto sulla strada per il nulla. "

Rimase in silenzio, ei quattro pastori lo guardarono con stupore.

"è una storia amara", disse shama , "e tu sei un grande peccatore".

" sarei uno sciocco a non saperlo", rispose il triste pastore, "ma la conoscenza non mi fa bene."

"devi pentirti", disse nathan , il pastore più giovane, con voce amichevole.

"come può un uomo pentirsi", rispose il triste pastore, "a meno che non abbia speranza? Ma mi dispiace per tutto, e soprattutto per vivere".

"non vivresti per uccidere la
volpe erode ?" gridò ferocemente jotham .

"perché dovrei io farlo uscire dalla trappola," rispose il triste pastore. "non è lui morire più lentamente di quanto mi potessi ucciderlo?"

"devi avere fede in dio," disse zadok con serietà e gravità.

"è troppo lontano."

"allora devi avere amore per il tuo prossimo."

"lui è troppo vicino. La mia fiducia nell'uomo era come una pozza sul ciglio della strada. Era poco profonda, ma c'era acqua, e talvolta una stella brillava lì. Ora i piedi di molte bestie l'hanno calpestata e gli sciacalli ne ho bevuto, e non c'è più acqua. È secco e il fango è incrostato sul fondo.

"non c'è niente di buono al mondo?"

"non c'è piacere, ma io sono malato di esso. C'è il potere, ma io odio. V'è la saggezza, ma ho diffidare di esso. La vita è un gioco e ogni giocatore è per sua stessa mano. Il mio è giocato. Ho ho nulla vincere o perdere ".

"sei giovane, hai molti anni da vivere."

" io sono vecchio, ma i giorni prima di me sono troppi."

"ma tu percorri la strada, vai avanti. Speri in niente?"

" mi auguro per niente", ha detto il triste pastore. "eppure, se una cosa venga da me che potrebbe essere l'inizio di speranza. Se ho visto in uomo o donna un atto di gentilezza, senza una ragione egoistica, e una prova d'amore volentieri dato per il solo fine a se stessa, allora forse ho girare la mia faccia verso quella luce. Fino a che viene, come posso io avere fede in dio che ho mai visto? Io ho visto il mondo che egli ha fatto, e questo mi porta fede. Non c'è nulla in esso ".

" ammiel -ben- jochanan ", disse severamente il vecchio, "sei un figlio di israele , e abbiamo avuto compassione di te, secondo la legge. Ma sei un apostata, un non credente, e non possiamo più averne comunione con te, per evitare che una maledizione venga su di noi. La compagnia dei disperati porta sfortuna. Va 'per la tua strada e allontanati da noi, perché la nostra via non è la tua. "

Così il triste pastore li ringraziò per il loro divertimento, prese di nuovo il bambino tra le braccia e se ne andò nella notte, chiamando il suo gregge. Ma il pastore più giovane nathan lo seguì per alcuni passi e disse:

"c'è un ovile spezzato ai piedi della collina. È vecchio e piccolo, ma lì potresti trovare un riparo per il tuo gregge dove il vento non ti scuoterà. Va 'con dio, fratello, e vedrai giorni migliori. "

Poi ammiel scese un po 'giù per la collina e riparò il suo gregge in un angolo delle mura fatiscenti. Giaceva tra le pecore e le capre con la faccia sulle braccia conserte, e se il tempo passasse lentamente o velocemente non lo sapeva, perché dormiva.

Si svegliò quando nathan venne di corsa e inciampò tra le pietre sparse.

"abbiamo visto una visione", gridò, "una visione meravigliosa di angeli. Non li avete sentiti? Hanno cantato ad alta voce della speranza di israele . Andremo a betlemme per vedere questa cosa che è avvenuta. Vieni tu e veglia sulle nostre pecore mentre siamo via ".

"degli angeli i ho visto e udito nulla", ha detto ammiel , "ma mi custodirà i vostri greggi con le mie, dal momento che io sono in debito con voi per il pane e il fuoco."

Così portò di nuovo il ragazzo tra le braccia e il gregge stanco che camminava dietro di lui, al muro sud del grande ovile, e si sedette presso le braci ai piedi della torre, mentre gli altri erano via. La luna si posava come una palla sul bordo delle colline occidentali e rotolava dietro di esse. Le stelle svanirono a oriente ei fuochi si spensero sulla montagna del piccolo paradiso. Sulle colline di moab si levò lentamente una grigia inondazione di alba, e frecce rosse si lanciarono in alto prima del sorgere del sole.

I pastori tornarono pieni di gioia e raccontarono ciò che avevano visto.

"era proprio come ci hanno detto gli angeli", ha detto shama , "e deve essere vero. Il re d' israele è venuto. I fedeli saranno benedetti".

" erode cadrà", gridò jotham , alzando il pugno chiuso verso l'oscura montagna dalla vetta. "brucia, idumea nera , nella fossa senza fondo, dove il fuoco non si spegne."

Zadok parlò più piano. "abbiamo trovato il neonato di cui gli angeli ci hanno detto avvolto in fasce e sdraiato in una mangiatoia. Le vie di dio sono meravigliose. La sua salvezza viene dalle tenebre e noi confidiamo nella liberazione promessa. Ma tu, ammiel -ben- jochanan , a meno che tu creda, non lo vedrai. Tuttavia, poiché hai custodito fedelmente il nostro gregge e per la gioia che è venuta a noi, ti do questo pezzo d'argento per aiutarti nel tuo cammino. "

Ma nathan si avvicinò al triste pastore e lo toccò sulla spalla con mano amica, "vai anche tu a betlemme ", disse a bassa voce, "perché è bello vedere ciò che abbiamo visto, e lo terremo il tuo gregge fino al tuo ritorno. "

" io andrò", ha detto ammiel , guardando in viso, "per i credo che mi vuoi bene. Ma se io deve vedere quello che hai visto, o se io sarò mai tornare, io non lo so. Addio."

Iii.

Alba

Le strette strade di betlemme si svegliavano al primo movimento della vita quando il triste pastore entrava in città al mattino e le attraversava come uno che cammina nel sonno.

Il cortile del gran khan e le stanze aperte intorno ad esso erano gremite di viaggiatori, che li svegliavano dal loro riposo notturno e si preparavano per il viaggio della giornata. Davanti alle scuderie semincavate nella roccia accanto alla locanda, gli uomini sellavano i loro cavalli e le loro bestie da soma, e c'era molto rumore e confusione.

Ma oltre queste, alla fine della linea, c'era una grotta più profonda nella roccia, che veniva utilizzata solo quando le bancarelle più vicine erano piene. All'ingresso di questo c'era un asino legato e un uomo di mezza età stava sulla soglia.

Il triste pastore lo salutò e gli disse il suo nome.

" io son giuseppe il falegname di nazaret ," rispose l'uomo. "avete visto anche gli angeli di cui sono venuti a parlarci i vostri fratelli pastori?"

" io ho visto no angels", rispose ammiel , "né hanno i né fratelli tra i pastori. Ma io avrei volentieri vedere ciò che hanno visto."

"è il nostro figlio primogenito", disse giuseppe, "e l'altissimo ce l'ha mandato. È un bambino meraviglioso : grandi cose sono predette di lui. Puoi entrare, ma in silenzio, per il bambino e il suo madre maria stanno dormendo. "

Così il triste pastore entrò in silenzio. La sua lunga ombra gli entrava davanti, perché l'alba scorreva sulla porta della grotta. Fu pulita e messa in ordine, e un letto di paglia fu steso in un angolo per terra.

Il bambino dormiva, ma la giovane madre si stava svegliando, perché l'aveva preso dalla mangiatoia in grembo, dove il suo velo bianco da fanciulla era stato steso per riceverlo. E lei cantava molto piano mentre si chinava su di lui stupita e contenta.

Ammiel la salutò e si inginocchiò per guardare la bambina. Non vedeva niente di diverso dagli altri bambini piccoli. La madre aspettava che parlasse degli angeli, come avevano fatto gli altri pastori. Il triste pastore non parlava, ma si limitava a guardare. E mentre guardava il suo volto cambiò.

"hai sofferto dolore, pericolo e dispiacere per il suo bene", disse gentilmente.

"sono passato", rispose, "e per amor suo io li hanno subito volentieri."

"è molto piccolo e indifeso; devi sopportare molti guai per amor suo."

"prendermi cura di lui è la mia gioia, e portarlo alleggerisce il mio fardello".

"non ti conosce , non può fare niente per te."

"ma io lo conosco. Io l'ho portato sotto il mio cuore, lui è mio figlio e il mio re."

"perché lo ami?"

La madre guardò il triste pastore con un grande rimprovero negli occhi dolci. Poi il suo sguardo si fece pietoso mentre si posava sul suo viso.

"sei un uomo addolorato", ha detto.

" io sono un uomo malvagio", rispose.

Scosse dolcemente la testa.

" io non so nulla di questo", ha detto, "ma si deve essere molto dolorosa, dal momento che sono nato da una donna, eppure vi chiedo una madre perché lei ama il suo bambino. Io lo amo per amore, perché dio gli ha dato per me."

Così la madre maria si chinò di nuovo sul suo figlioletto e cominciò a cantare una canzone come se fosse sola con lui.

Ma ammiel era ancora lì, osservava e pensava e cominciava a ricordare. Gli venne in mente che c'era una donna in galilea che aveva pianto quando era stato rimproverato; i cui occhi lo avevano seguito quando era infelice, come se lei desiderasse fare qualcosa per lui; la cui voce si era spezzata e taciuta mentre lei si copriva il viso macchiato di lacrime quando se ne andava.

I suoi pensieri fluirono rapidi e silenziosi verso di lei e dopo di lei come rapide onde di luce. C'era il pensiero di lei chinandosi su un bambino in grembo, cantando dolcemente per pura gioia, - e il bambino era se stesso. C'era il pensiero di lei che sollevava un bambino al seno che lo aveva portato come un peso e un dolore, per nutrirlo lì come un conforto e un tesoro, e il bambino era se stesso. C'era il pensiero di lei che guardava, accudiva e guidava un bambino di giorno in giorno, di anno in anno, abbracciandolo teneramente, chinandosi sui suoi primi passi vacillanti, rallegrandosi delle sue gioie, asciugandosi le lacrime dai suoi occhi, come non aveva mai cercato di asciugarle le lacrime, e il bambino era lui stesso. Aveva fatto tutto per amore della bambina, ma cosa aveva fatto la bambina per lei? E il bambino era se stesso: ecco a cosa era arrivato, -dopo che il fuoco notturno si era spento, dopo che l'oscurità si era assottigliata e si era sciolta nei pensieri che pulsavano attraverso di essa come rapide onde di luce, - questo era quello che era venuto al mattino presto: se stesso, un bambino tra le braccia di sua madre.

Poi si alzò ed uscì piano dalla grotta, facendo il triplice segno di riverenza; e gli occhi di maria lo seguirono con sguardi gentili.

Giuseppe di nazareth stava ancora aspettando fuori dalla porta.

"come mai non hai visto gli angeli?" chiese. "non eri con gli altri pastori?"

"no," rispose ammiel , " i dormiva. Ma ho visto la madre e il bambino. Benedetto sia la casa che li tiene".

"sei stranamente vestito per un pastore", disse joseph. "da dove vieni?"

"da un paese lontano", rispose ammiel ; "da un paese che non hai mai visitato."

"dove stai andando ora?" ha chiesto joseph.

" io vado a casa," rispose ammiel , "a casa di mia madre e di mio padre in galilea".

"va 'in pace, amico", disse joseph.

E il triste pastore prese il suo bastone malconcio e se ne andò rallegrandosi.

www.ingramcontent.com/pod-product-compliance
Ingram Content Group UK Ltd.
Pitfield, Milton Keynes, MK11 3LW, UK
UKHW020137250726
13967UKWH00002B/701